Perceval ou le conte du Graal

FichesdeLecture.com

Perceval ou le conte du Graal (Fiche de lecture)

I. INTRODUCTION

L'auteur

Chrétien de Troyes est un auteur français du XIIème siècle, connu pour sa large contribution au cycle arthurien (c'est-à-dire les romans de chevalerie liés à la légende du roi Arthur et de la Table Ronde). Ses œuvres les plus connues sont *Erec et Enide, Lancelot ou Le chevalier de la charrette, Yvain ou Le chevalier au Lion, Cligès*, et *Perceval ou Le conte du Graal*. Représentatifs de son milieu social et son époque, ses romans mêlent aventures, amour courtois, et religion.

L'œuvre

Perceval le Gallois est un jeune homme naïf qui découvre le monde de la chevalerie, dont sa mère l'a tenu éloigné toute sa vie. Il rejoint la cour du roi Arthur, et vit plusieurs aventures, battant de nombreux chevaliers. Dans le roman, qui reste inachevé, Chrétien de Troyes raconte aussi quelques aventures de Gauvain, un chevalier de la Table Ronde.

II. RÉSUMÉ DU ROMAN

Perceval est un jeune homme vivant dans la Forêt Déserte au manoir de sa mère ; un jour, pendant la chasse, il rencontre des chevaliers, qu'il prend d'abord pour des démons, puis pour des anges. L'un d'entre eux lui demande s'il a vu passer des chevaliers avec des jeunes filles, mais Perceval ne répond pas, lui posant des questions sur ses armes. Frustré, le chevalier finit par lui parler du roi Arthur, disant qu'il a obtenu ses armes lors de son adoubement. Les fermiers du domaine informent les chevaliers, qui repartent, et Perceval raconte son aventure de la journée à sa mère. Celle-ci, terrifiée, lui révèle qu'elle l'a tenu éloigné du monde de la chevalerie par peur de le voir partir à l'aventure et mourir, comme ses deux frères aînés ; elle lui parle également de son père qui, après une lourde blessure aux jambes, a dû vivre dans la pauvreté, se réfugiant dans le manoir isolé après la mort du roi Uther Pendragon. Malgré la peur de sa mère, Perceval décide de se rendre à la cour du roi Arthur pour devenir chevalier ; ne pouvant le retenir, sa mère lui conseille de toujours secourir les dames et jeunes filles et d'accepter leurs récompenses (baisers ou joyaux), et de prier dès qu'il verra une église. Alors que Perceval quitte le manoir, sa mère s'effondre sur le palier, comme morte.

Perceval arrive à une riche tente, qu'il prend naïvement pour une église, et dans laquelle il décide de prier. En entrant il voit une jeune fille endormie, la compagne du Chevalier Orgueilleux de la Lande : il l'embrasse de force et lui prend sa bague (ayant mal compris les conseils de sa mère), avant de repartir. L'Orgueilleux revient et blâme sa compagne pour ne pas avoir résisté, et jure de la punir et de punir le Gallois qui l'a assaillie. Perceval continue vers Carduel, où Arthur tient sa cour, et croise en arrivant un Chevalier Rouge dont il admire les armes ; le Chevalier Rouge tient un gobelet en or. Entrant dans le château, toujours à cheval, Perceval se présente au roi Arthur, qui lui explique que le Chevalier Rouge a blessé plusieurs de ses chevaliers et volé son gobelet pour le ridiculiser ; Perceval demande à être adoubé et à obtenir des armes rouges comme celles du Chevalier Vermeil, et Keu lui répond, en colère, d'aller les chercher lui-même. Alors qu'Arthur le réprimande, Perceval parle avec une jeune fille, dont on sait qu'elle n'a pas ri depuis six ans, qui lui dit en riant qu'il sera sans doute le plus grand chevalier du monde ; le fou du roi dit que la jeune fille ne rira que pour le meilleur des chevaliers. Keu, énervé, frappe la jeune fille et le fou. Perceval part à la poursuite du Chevalier Vermeil, précédé en secret par Yonet, qui veut voir le duel. Arrivé devant le Chevalier Vermeil, Perceval lui ordonne de déposer ses armes et, devant son refus, le tue ; alors qu'il essaye en vain de retirer l'armure du Chevalier, Yonet vient l'aider. Perceval repart, et Yonet rentre à Carduel avec le gobelet, racontant le duel à Arthur, et disant à Keu que Perceval compte se venger de lui.

Perceval suit une rivière jusqu'à un pont, sur lequel il rencontre Gorneman de Gort, qui lui montre comment utiliser correctement ses nouvelles armes, et l'accueille pour la nuit, l'adoubant le lendemain. Perceval repart, déterminé à retourner au manoir de sa mère pour vérifier comment elle se porte, puisqu'il l'a vue s'effondrer lorsqu'il est parti. En chemin, il arrive au château de Beaurepaire, où il est accueilli par Blanchefleur, la nièce de Gorneman, qui lui explique la situation désespérée du château : il reste très peu d'hommes pour le défendre, le reste ayant été capturés ou tués par un chevalier nommé Engygeron, dont le maître, Clamadeus, veut épouser Blanchefleur. Le lendemain, Perceval annonce qu'il va aller tuer Engygeron, si Blanchefleur lui accorde son amour, ce qu'elle accepte ; il bat Engygeron mais, se rappelant des conseils de Gorneman, l'épargne, et l'envoie se constituer prisonnier chez le roi Arthur. L'armée d'Engygeron se disperse, mais Clamadeus arrive, assiégeant Beaurepaire. Perceval le bat à son tour et l'envoie chez Arthur : arrivé à Carduel, Clamadeus apporte des nouvelles de Perceval, et rappelle sa menace à l'égard de Keu. Entretemps, Perceval repart pour la Forêt Déserte, promettant à Blanchefleur de revenir pour être le seigneur de Beaurepaire.

Perceval parvient à une tour, où il est accueilli par des serviteurs et rencontre le Roi-Pêcheur, un vieux seigneur blessé. Pendant qu'ils parlent, un serviteur entre avec une épée, un cadeau venant de la nièce du Roi-Pêcheur, qui l'offre à Perceval. Un autre serviteur arrive, portant une lance dont la point saigne, accompagné d'une jeune fille portant un calice (le Saint-Graal) ; Perceval ne pose aucune question (le narrateur suggère qu'il fait une erreur). Pendant qu'il dîne avec le Roi-Pêcheur, le Graal passe encore plusieurs fois, amené à une pièce particulière, mais Perceval ne pose toujours pas de question. Le lendemain, ne voyant plus personne au château, Perceval repart, confus. Il suit des traces dans la forêt, pensant retrouver les habitants de la tour, et rencontre une jeune fille, qui se révèle être sa cousine, pleurant sous un arbre, tenant le cadavre de son compagnon dans ses bras ; lorsque Perceval lui dit qu'il a vu la lance et le Graal sans rien dire, elle le réprimande pour son silence, disant que la bonne question aurait pu soigner le Roi-Pêcheur. Elle informe aussi Perceval de la mort de sa mère. Poursuivant son chemin, Perceval rencontre une jeune fille mal en point : c'est celle qu'il avait embrassée de force et dont il avait volé la bague, punie par l'Orgueilleux de la Lande, qui arrive à son tour, expliquant qu'il la maltraitera tant qu'il n'aura pas retrouvé le Gallois qui l'a déshonorée.

Perceval révèle qu'il est le chevalier que l'Orgueilleux recherche, et ils se battent en duel : l'épée donnée par le Roi-Pêcheur se brise, mais Perceval gagne malgré tout. Il envoie l'Orgueilleux chez Arthur, lui ordonnant de bien traiter sa compagne. Arthur, recevant ce nouveau prisonnier, s'inquiète du sort de Perceval, et lance des recherches.

L'hiver arrive, et toute la cour d'Arthur est à la recherche de Perceval ; ce dernier s'arrête près du camp d'Arthur, et se perd dans la contemplation du sang d'une oie sur la neige, qui lui rappelle le visage de Blanchefleur. Alerté, Sagremor l'attaque, et est rapidement vaincu ; Keu l'attaque à son tour, et Perceval le bat, cassant son bras (réalisant la prophétie du fou du roi). Gauvain va à son tour voir Gauvain et le ramène au camp, où Arthur l'accueille, enchanté, et la jeune fille offensée par Keu le remercie. La cour rentre à Carlion et célèbre le retour de Perceval ; deux jours plus tard, une jeune fille laide arrive à la cour, réprimandant Perceval pour son silence lors de son aventure chez le Roi-Pêcheur, qui aura des conséquences désastreuses, avant de repartir. Perceval décide de retourner à l'aventure, pour trouver le Graal et la lance. Alors que tous les chevaliers élaborent des projets d'aventure, Guiganbrésil entre, et accuse Gauvain d'avoir tué son maître en traître. Pour laver son honneur, Gauvain accepte de prendre part à un duel dans quarante jours, et part en compagnie d'Yonet.

Gauvain se rend à Tintagel, où est organisé un tournoi, qui décidera si Méliant de Lis pourra épouser la fille aînée de Tybaut de Tintagel. Gauvain assiste au tournoi sans y prendre part, et la fille aînée de Tybaut l'accuse d'être un marchand, déguisé en chevalier pour ne pas payer de taxes en passant par Tintagel. La fille cadette de Tybaut et Garin, un vieux vassal de Tybaut, convainquent ce dernier de l'innocence de Gauvain, qui joute le lendemain, remportant le tournoi, avant de repartir. Le lendemain, Gauvain croise un chevalier qui lui offre le gîte dans son château : il s'agit en fait du château du maître de Guiganbrésil, où Gauvain est haï. Il rencontre la sœur du chevalier, mais est reconnu par un vassal, devant se défendre. Guiganbrésil arrive au château et arrête les hostilités, disant que Gauvain étant l'invité du seigneur du château, il ne doit pas être attaqué. On suggère de reporter le duel entre Guiganbrésil et Gauvain d'un an, pour donner à Gauvain une chance de trouver la lance qui saigne : s'il l'amène au seigneur, il sera libre, sinon, il devra se soumettre à l'emprisonnement. Gauvain accepte, et repart.

Perceval n'a pas prié depuis près de cinq ans, se concentrant sur l'aventure ; le jour de la Pentecôte, il rencontre plusieurs chevaliers et dames en pénitence, qui lui conseillent d'aller visiter un ermite, qui pourra le guider dans sa foi. Arrivé chez l'ermite, qui se révèle être son oncle, Perceval se confesse, racontant son aventure chez le Roi-Pêcheur ; l'ermite lui révèle que l'homme à qui on servait le Graal était son propre frère, et le père du Roi-Pêcheur. Il conseille aussi à Perceval de se repentir en allant à l'église tous les matins, en respectant les religieux, et en aidant la veuve et l'orphelin. Perceval fait sa communion le jour de Pâques.

Après son départ du château du maître de Guiganbrésil, Gauvain continue son aventure, et arrive un jour devant un large chêne, sous lequel se lamente une jeune fille, qui tient dans ses bras un chevalier grièvement blessé, Gréoréas (que Gauvain avait humilié par le passé), que Gauvain ne reconnaît pas sur le moment. Gréoréas conseille à Gauvain de rebrousser chemin puisqu'il arrive à la frontière de Galvoie, où un chevalier attaque tous ceux qu'il rencontre. Gauvain décide de continuer quand même, et arrive à un château, où il rencontre l'Orgueilleuse de Logres, qui l'insulte, et accepte de le suivre une fois qu'il lui a ramené son cheval ; elle lui indique cependant qu'elle le suivra jusqu'à ce qu'il lui arrive malheur. De retour au grand chêne, Gauvain soigne Gréoréas, qui vole son cheval pour se venger de Gauvain, lui laissant le cheval de bât d'un écuyer qui passait par là, avant de s'enfuir avec sa dame. Gauvain continue son chemin sous les moqueries de l'Orgueilleuse, et arrive devant une large rivière, au-delà de laquelle il aperçoit un large château, sur une falaise. L'Orgueilleuse trouve un bateau, mais le neveu de Gréoréas arrive sur le cheval de Gauvain, et l'attaque ; Gauvain le bat et récupère son cheval. Entretemps, l'Orgueilleuse et le bateau ont disparu.

Un autre bateau arrive, son nautonier offrant le gîte à Gauvain pour la nuit. Le lendemain, Gauvain demande au nautonier de lui parler du château sur la falaise : il n'a pas de seigneur, mais une reine, Dame Ygerne, qui vit avec sa fille et sa petite-fille, Clarissant ; le château contient un hall magique dans lequel seul un chevalier vertueux peut entrer. Gauvain s'y rend malgré les conseils du nautonier, et y trouve le Lit de la Merveille. Il s'y allonge et survit d'abord à une volée de flèches venant des fenêtres, puis à l'attaque d'un lion. Le nautonier revient, disant à Gauvain que les enchantements du hall sont dissipés, et Gauvain est honoré par les habitants du château, dînant ce soir-là avec Dame Ygerne. Le lendemain, l'Orgueilleuse arrive avec le Chevalier Orgueilleux de l'Etroite Voie, et Gauvain décide d'aller lui parler.

L'Orgueilleux de l'Etroite Voie attaque Gauvain, qui le bat ; l'Orgueilleuse insulte Gauvain, et lui dit qu'elle ne le respectera que s'il accepte de la suivre et de lui accorder une faveur. Il la suit jusqu'au Gué Périlleux, qu'elle lui demande de traverser ; Gauvain y parvient avec difficulté, et rencontre Guiromelant, qui lui explique que l'Orgueilleuse était sa dame, qu'il avait prise de force à un autre chevalier. Guiromelant hait Gauvain, parce que le père de Gauvain, Lot, a tué le sien, mais aime sa sœur, qui vit à Canguin (Clarissant) ; Gauvain révèle son identité, et accepte de combattre Guiromelant devant la cour d'Arthur. Il ramène l'Orgueilleuse à Canguin, et donne un anneau à Clarissant, cadeau de Guiromelant ; Clarissant lui révèle qu'elle n'aime pas Guiromelant, et qu'ils ne se sont jamais vus que de loin. Gauvain envoie un messager à la cour d'Arthur, qui trouve la cour en deuil, tous pensant Gauvain mort. Alors que le roi s'évanouit de chagrin, Dame Lores se rend chez la reine...

Le roman est inachevé.

III. PRÉSENTATION DES PERSONNAGES

N.B. : de nombreux personnages du roman n'ont qu'un titre, ou pas de nom du tout ; c'est une pratique courante dans le roman médiéval.

- Perceval le Gallois

Un jeune Gallois vivant au manoir de sa mère dans la Forêt Déserte, qui décide, après avoir rencontré des chevaliers, de se faire adouber par le Roi Arthur. Il a été élevé par sa mère loin du monde de la chevalerie, parce qu'elle craignait qu'il ne subisse le même sort que son père et ses frères, morts au combat ou dans la pauvreté. Il est caractérisé par sa naïveté, due à son manque d'éducation, et rencontre plusieurs personnages qui lui enseignent comment vivre en société, notamment Gorneman et son oncle ermite. Malgré cette naïveté, Perceval est un combattant exceptionnel.

- Mère de Perceval

La mère de Perceval n'est pas nommée dans le roman. Elle a élevé Perceval loin du monde de la chevalerie pour le protéger, et est par conséquent désespérée de le voir partir au début du roman, lui racontant comment ses frères et son père sont morts. Malgré sa réticence à le laisser partir, elle lui donne plusieurs conseils, que Perceval interprète mal. Elle meurt de chagrin après le départ de Perceval.

- Cousine de Perceval

Elle n'est pas nommée dans le roman. Elle réprimande Perceval pour son silence lors de son aventure chez le Roi-Pêcheur, et informe Perceval de la mort de sa mère. Elle a elle-même été élevée au manoir de la Forêt Déserte, et est la fille de l'oncle de Perceval, l'ermite religieux.

- Oncle de Perceval

Ermite pieux que Perceval rencontre le jour de la Pentecôte, et qui lui enseigne différents aspects de la religion, le confessant et lui conseillant de prier tous les jours.

- Le roi Arthur et la reine Guenièvre

Les souverains du royaume de Bretagne. C'est chez Arthur, à Carduel, que Perceval envoie tous ses prisonniers. Chrétien de Troyes mentionne aussi l'amitié qui lie Guenièvre et Gauvain, qui est un des plus fidèles chevaliers d'Arthur.

- Keu

Sénéchal d'Arthur. Chevalier dont les moqueries encouragent Perceval à poursuivre le Chevalier Vermeil. Sa violence vis-à-vis d'une jeune fille lui vaudra d'avoir le bras cassé par Perceval.

- Divers chevaliers d'Arthur

Yonet, qui est témoin du duel entre Perceval et le Chevalier Vermeil ; Gifflet, qui part pour le Château Orgueilleux ; Kahédin, qui part pour le Mont Douloureux ; Sagremor, qui est battu en duel par Perceval ; Yvain (cf. Yvain ou le chevalier au Lion).

- Chevalier Orgueilleux de la Lande et sa compagne

Une jeune fille que Perceval embrasse de force au début du roman, et qui est ensuite punie lourdement par son compagnon, l'Orgueilleux de la Lande, que Perceval bat plus tard en duel, l'envoyant chez Arthur et lui ordonnant de respecter sa dame.

- Le Chevalier Vermeil

Un chevalier qui insulte Arthur en blessant plusieurs de ses chevaliers et en volant son gobelet. Il est tué par Perceval, qui récupère ses armes.

- La jeune fille qui n'a pas ri depuis six ans

Une jeune fille de la cour d'Arthur, qui rit avec Perceval ; il est dit qu'elle ne rira que face au plus grand des chevaliers. Keu la frappe, entraînant la vengeance de Perceval.

- Le fou du roi Arthur

Le fou de la cour, qui prédit le bras cassé de Keu, qui l'a frappé.

- Gorneman de Gort

Un gentilhomme qui apprend à Perceval comment combattre, et lui donne plusieurs conseils sur la vie de chevalier.

- Blanchefleur

La nièce de Gorneman et dame du château de Beaurepaire. Perceval la défend contre Engygeron et Clamadeus en échange de son amour.

- Engygeron

Chevalier de Clamadeus, qui assiège Beaurepaire jusqu'à sa défaite par Perceval. Il se constitue prisonnier chez Arthur.

- Clamadeus

Le maître d'Engygeron, qui veut conquérir Beaurepaire pour épouser Blanchefleur. Poussé à combattre par un de ses conseillers, il est lui aussi vaincu par Perceval, et se constitue prisonnier chez Arthur.

- Le Roi-Pêcheur

Un vieux roi blessé que Perceval rencontre, et chez qui il voit le Graal et la lance qui saigne. Il apprend plus tard que le Roi-Pêcheur aurait été soigné s'il n'avait pas gardé le silence devant le Graal.

- Gauvain

Un des chevaliers les plus fidèles d'Arthur. Il part à l'aventure lorsque Guiganbrésil l'accuse d'avoir tué son maître en traître. Motivé par l'honneur, il a tendance à faire de mauvais choix pour ne pas être déshonoré, et supporte ainsi très mal les insultes de l'Orgueilleuse. Il est aussi un excellent combattant, et ne perd aucun combat dans le roman. Il est le fils du roi Lot, et le frère de Clarissant, Agravain, Gaheriet, et Guerehet.

- Clarissant

La soeur de Gauvain, et petite-fille d'Ygerne. Elle ne partage pas l'amour obsessionnel que Guiromelant a pour elle.

- La jeune fille laide aux tresses

Une jeune fille qui arrive à la cour d'Arthur pour dénoncer les erreurs de Perceval. Elle mentionne plusieurs lieux propres à l'aventure, comme Montéclair et le Château Orgueilleux.

- Guiganbrésil

Un chevalier qui accuse Gauvain d'avoir tué son maître en traître. Il invite Gauvain à un duel devant le roi d'Escavalon. Plus tard, lorsque Gauvain risque d'être tué par un groupe d'hommes, Guiganbrésil le sauve, considérant qu'il est sous sa protection, étant alors l'invité du fils de son maître.

- Enfants du maître de Guiganbrésil

Un fils qui invite Gauvain à dormir dans son château, et une fille qui l'aide à se défendre contre la foule qui veut le tuer.

- Méliant de Lis

Un chevalier qui participe au tournoi organisé chez le roi Tybaut de Tintagel. Il combat pour obtenir la main de la fille aînée de Tybaut. Il est accompagné par Traé d'Anet.

- Tybaut de Tintagel

Le seigneur de Tintagel. Il a deux filles : l'aînée veut épouser Méliant de Lis lorsqu'il aura prouvé sa valeur ; la cadette défend Gauvain lorsque celui-ci est accusé de crimes.

- Garin

Un vassal de Tybaut. Il accueille et défend Gauvain lorsqu'il est accusé de crimes.

- Gréoréas

Un chevalier que Gauvain a puni par le passé, parce qu'il avait pris une jeune fille de force, en le faisant manger avec les chiens. Il se venge de Gauvain en lui volant son cheval, et envoie plus tard son neveu le combattre.

- L'Orgueilleuse de Logres et Guiromelant

L'Orgueilleuse est une jeune fille qui, après avoir été enlevée par Guiromelant, est devenue orgueilleuse, insultant et mettant en danger les chevaliers qu'elle rencontre. Guiromelant, après l'avoir laissée partir, a tourné son attention vers Clarissant, persuadé qu'elle l'aime en retour. Par ailleurs, il hait Gauvain, dont le père, Lot, a tué le sien.

- Un nautonier

Un marin qui héberge Gauvain et l'amène à Canguin, après lui avoir parlé du Hall magique de Canguin.

- Dame Ygerne

La mère du roi Arthur, grand-mère de Clarissant et Gauvain.

- Chevalier Orgueilleux de la Roche de l'Etroite Voie

Un chevalier qui accompagne l'Orgueilleuse et est battu par Gauvain.

IV. AXES DE LECTURE

- Un roman d'apprentissage : l'évolution de Perceval

Le roman repose en grande partie sur la naïveté du personnage de Perceval : élevé loin du monde de la chevalerie, il ignore tout de l'honneur, de l'amour courtois, et de la merci. Son premier duel, ainsi, est en contraste avec les autres, parce qu'il tue (plutôt que de le capturer) le Chevalier Vermeil pour ses armes plutôt que pour restaurer l'honneur du Roi Arthur. Ses duels contre Engygeron et Clamadeus, par exemple, sont motivés par le besoin de défendre l'honneur et le domaine de Blanchefleur.

Cette simplicité de Perceval est contre-balancée par son apprentissage constant : sa rencontre avec Gorneman de Gort lui permet d'apprendre comment se battre avec honneur, et comment se comporter en chevalier courtois. Sa rencontre avec son oncle le ramène sur le chemin de la foi, la religion étant une des occupations fondamentales du chevalier arthurien. Soulignant cette idée d'apprentissage, son duel contre le Chevalier Vermeil se conclut d'ailleurs par Yonet l'aidant à s'équiper des armes rouges qu'il vient d'obtenir.

La naïveté de Perceval est présentée comme un problème majeur, et même son interprétation des conseils de sa mère et de Gorneman mène le plus souvent à des actes anti-chevaleresques : ainsi, il embrasse de force la compagne de l'Orgueilleux de la Lande et lui vole sa bague en pensant suivre un conseil de sa mère, qui lui disait d'accepter les cadeaux et les baisers des dames, et garde le silence en présence du Saint-Graal, parce que Gorneman lui a conseillé de ne pas être bavard. Ces deux incidents mènent, respectivement, au malheur de la compagne de l'Orgueilleux, que Perceval finira par battre en duel, et au malheur du Roi-Pêcheur, qu'une question au sujet du Graal aurait soigné.

Enfin, un aspect particulièrement révélateur de l'apprentissage de Perceval est sa relation avec Keu : lorsqu'il arrive à la cour du Roi Arthur pour demander des armes rouges, Keu lui ordonne, sarcastiquement, d'aller prendre celles du Chevalier Vermeil, et frappe une jeune fille qui rit avec Perceval ; lorsqu'ils se revoient en hiver, près du camp d'Arthur, Perceval bat Keu, lavant l'honneur de la jeune fille. Ces deux moments que partagent Keu et Perceval témoignent de l'évolution de Perceval : de naïf et sot, il est devenu un honorable et courtois chevalier.

Le conte du Graal est donc, en partie, le récit de l'apprentissage de la chevalerie par Perceval, une évolution qui devait probablement préparer le personnage à prendre part à la Quête du Graal, si l'œuvre avait été achevée.

- Un roman de chevalerie : l'aventure de Gauvain

Contrastant avec le personnage de Perceval, Gauvain est un chevalier arthurien typique : courtois et brave, il défend avant tout son honneur et celui des dames qu'il rencontre. Sa première apparition dans le roman, lorsqu'il ramène Perceval au camp d'Arthur sans utiliser la force, présage son attitude honnête et diplomatique. Il part d'ailleurs à l'aventure pour laver son honneur, accusé par Guiganbrésil d'avoir tué son maître de manière déloyale.

L'aventure de Gauvain suit des thèmes et principes typiques du roman de chevalerie : ainsi, il doit participer à un duel fixé quarante jours à l'avance par Guiganbrésil, et part immédiatement, vivant diverses péripéties en chemin, mais sans jamais oublier son but ; il prouve sa valeur à Tintagel, bat plusieurs chevaliers en duel, et arrive chez le fils du maître de

Guiganbrésil, où il se voit confier une autre quête, plutôt que de combattre Guiganbrésil : il doit maintenant retrouver la lance sanglante. Continuant sa route, il rencontre un vieil ennemi, libère le château de Canguin de la malédiction qui pesait sur ses habitants, devenant même seigneur de Canguin.

Contrairement à Perceval, cependant, Gauvain ne change presque pas pendant ses aventures, mais garde toujours la même attitude, soucieux de son honneur et, parfois, agissant même selon ses principes sans réfléchir aux conséquences, comme lorsqu'il accepte de ramener son cheval à l'Orgueilleuse de Logres, ou qu'il la suit jusqu'au Gué Périlleux. C'est aussi par honneur qu'il révèle son identité à Guiromelant, qui le hait, et le défit en duel immédiatement après.

Un autre aspect important du personnage est que Gauvain semble conscient de son statut de « grand chevalier », à tel point qu'il a tendance à se précipiter dans l'aventure, comme dans le cas du hall magique et du Lit de la Merveille : le nautonier lui parle de la malédiction qui frappe le château d'Anguin, et Gauvain s'y rend immédiatement, entrant dans le hall sans jamais douter de sa propre valeur, s'asseyant sur le Lit malgré les avertissements du nautonier, et cette impulsivité lui coûte presque la vie.

Ainsi, Gauvain est un archétype de chevalier courtois, qui s'oppose au personnage naïf et inexpérimenté qu'est Perceval. Cependant, ce sont précisément son expérience et son respect des conventions chevaleresques qui motivent ses aventures et le mettent en danger.

- La famille dispersée

La notion de famille, dans le roman de chevalerie, peut être complexe : ainsi, dans *Le conte du Graal*, Perceval rencontre des membres de sa famille par hasard, sa cousine et son oncle. Gauvain, de son côté, rencontre sa sœur Clarissant à Canguin, sans l'avoir jamais vue avant.

Perceval est élevé loin du monde, mais aussi loin de sa famille, ne connaissant que sa mère ; ce n'est que pendant ses aventures qu'il rencontre sa cousine et son oncle, qui le critiquent pour son impiété et ses erreurs. De plus, le père du Roi-Pêcheur est le frère de l'oncle de Perceval, faisant donc techniquement de Perceval le cousin du Roi-Pêcheur ; cette parenté entre les personnages sert donc à lier Perceval intimement au Graal lui-même, puisque son oncle (le père du Roi-Pêcheur) survit uniquement grâce à l'hostie contenue dans le Saint-Graal. Outre son innocence, sa pureté et sa bravoure, il est donc suggéré que Perceval est *destiné* à prendre part à la Quête du Graal, par ses liens familiaux.

Gauvain, de son côté, rencontre sa sœur, Clarissant, et sa grand-mère, dame Ygerne, qui est aussi la mère du roi Arthur, au château de Canguin. Comme dans le cas de Perceval, cette parenté a un but symbolique : puisque Ygerne est la mère d'Arthur, Gauvain est donc le neveu d'Arthur. Ce lien familial rapproche donc Gauvain d'Arthur, confirmant l'idée qu'il est un des chevaliers les plus importants de sa cour.

Si la famille, dans le roman de chevalerie, est en général dispersée, c'est pour donner un rôle supplémentaire à ses membres : l'oncle et la cousine de Perceval lui en apprennent plus sur le Graal, et c'est cet apprentissage qui motivera sa participation à la Quête du Graal ; quant à la famille de Gauvain, c'est-à-dire sa sœur Clarissant et sa grand-mère Ygerne, elles le rapprochent d'Arthur, dont il le neveu, ce qui *justifie*, d'une certaine façon, qu'il puisse être un des plus grands chevaliers de la cour d'Arthur.

- Le rôle d'Arthur

Dans les romans du cycle arthurien, le roi Arthur est en général un personnage d'arrière-plan, présent pour accueillir les chevaliers, héros des romans (comme Lancelot, Yvain, etc.), qui défendent son honneur et sauvent ses sujets. Arthur est un personnage passif, souvent accablé par les dangers courus par son royaume, et attendant l'aide d'un chevalier.

Dans *Perceval*, Arthur ne déroge pas à la règle : lorsque Perceval le rencontre, il se lamente après l'attaque du Chevalier Vermeil, ignorant totalement Perceval, et le laissant partir à la poursuite du Chevalier Vermeil sans intervenir. Même la fonction qui aurait dû être la sienne en toute logique, celle d'adouber Perceval, est remplie par Gorneman de Gort. La seule véritable action d'Arthur dans le roman est de lancer les recherches pour retrouver Perceval, emmenant avec lui toute la cour, et retrouvant Perceval par pur hasard, Gauvain ramenant finalement Perceval au camp du roi.

Arthur, principalement, accueille les prisonniers de Perceval, les chevaliers qu'il a battus en duel honorable : Engygeron, Clamadeus, l'Orgueilleux de la Lande, et une soixantaine d'autres. La cour, par conséquent, est une sorte de lieu de pénitence, de purification, pour les mauvais chevaliers qui, vaincus par un chevalier pur, Perceval, peuvent redevenir honorables.

Enfin, Arthur n'est pas à l'origine des aventures de ses chevaliers : Perceval est parti à l'aventure de son propre chef, et Gauvain a été défié par Guiganbrésil. Même dans le cas du Chevalier Vermeil, alors qu'Arthur aurait pu envoyer Perceval le combattre, c'est Keu qui, par moquerie, encourage le jeune Gallois à poursuivre le Chevalier Vermeil.

Le roi Arthur a donc un rôle aussi passif que décisif, en ce qui concerne les chevaliers de son royaume, puisqu'il termine un travail de rédemption commencé par Perceval ; cependant, il n'a aucune influence sur les aventures de ses chevaliers, et même sa décision de faire rechercher Perceval est marquée par l'efficacité de Gauvain plutôt que par sa propre action.

- Reliques et artefacts

Comme son sous-titre l'indique, *Perceval* est aussi *Le conte du Graal* ; Chrétien de Troyes introduit le Graal, c'est-à-dire le calice qui a servi à recueillir le sang de Jésus-Christ après la crucifixion, et qui est censé donner la vie éternelle. Mais le Graal n'est pas la seule relique présente dans le roman : en effet, la fameuse « lance qui saigne » est la lance que Longinus, un soldat romain, aurait utilisé pour percer le flanc du Christ pour s'assurer qu'il était bien mort ; la lance est un symbole de rédemption, puisque Longinus se convertit plus tard à la religion chrétienne (et devient Saint-Longin). Perceval aperçoit ces deux objets chez le Roi-Pêcheur, et apprend plus tard que, s'il avait interrogé le Roi-Pêcheur à leur sujet, il aurait pu le soigner de ses blessures.

Mais d'autres objets importants dans l'œuvre n'ont rien de religieux, et sont le plus souvent des armes : par exemple, l'épée que le Roi-Pêcheur donne à Perceval, forgée par un nommé Triboet, et qui se brise dès que Perceval tente de l'utiliser ; les armes du Chevalier Vermeil, qui symbolisent simplement la violence et l'impétuosité, que Perceval récupère, montrant sa propre fougue tout en *réhabilitant* les armes, qui seront désormais utilisées pour le bien ; enfin, un objet particulièrement intéressant est le Lit de la Merveille, qui sert à tester la bravoure de Gauvain, en lui faisant subir une volée de flèches et l'attaque d'un lion dès qu'il s'assied dessus, et symbolisant donc une sorte de croisée des chemins : soit Gauvain mourra, et il s'agira d'un lit mortuaire ; soit il vivra, et le lit lui permettra de « renaître » comme seigneur du château de Canguin.

Ainsi, le Graal et la lance qui saigne, lorsqu'ils sont présentés à Perceval au château du Roi-Pêcheur, sont une sorte d'introduction à la Quête du Graal, Perceval se jurant plus tard de les retrouver, et Gauvain étant envoyé par Guigambresil à la recherche de la lance. Les divers artefacts, quant à eux, sont symboliques du caractère des personnages (dans le cas des armes de Perceval), ou de leur destinée (dans le cas du Lit de la Merveille).

- La prophétie du fou d'Arthur : le cas de Keu

Lorsque Perceval arrive à Carduel pour se faire adouber par Arthur, il est immédiatement confronté à Keu, qui frappe une jeune fille qui appelait Perceval le plus grand chevalier du monde, ainsi que le fou de la cour, qui confirmait ses dires. Le fou prophétise alors la punition de Keu, qui aura le bras cassé pour ses actes déshonorables. Ensuite, pour la majeure partie du roman (inachevé), Keu est menacé par Perceval qui, avec chaque chevalier qu'il envoie chez Arthur, lui répète qu'il va venger l'honneur de la jeune fille. Perceval, par ailleurs, se jure de ne pas rentrer à la cour d'Arthur avant d'avoir accompli cette tâche, qui semble difficile puisque Keu est *toujours* à la cour.

Ce n'est que plus tard dans ses aventures que Perceval parvient enfin à laver l'honneur de la jeune fille, lorsqu'il se laisse aller à la contemplation près du camp d'Arthur, battant facilement Keu quand celui-ci l'attaque, et lui cassant le bras. Cette seconde rencontre avec Keu résout donc un élément de l'intrigue, celui de l'honneur de la jeune fille, et montre à quel point Perceval a évolué en tant que personnage, et est devenu un véritable chevalier.

Le but final de cette offense faite à la jeune fille est donc toujours, pour Chrétien de Troyes, de montrer à quel point son héros, Perceval, a progressé, de jeune homme naïf, qui tue le Chevalier Vermeil pour ses armes, à chevalier honorable, qui corrige Keu pour répare l'affront fait à une jeune fille ; mais un des aspects les plus intéressants de la vengeance est la façon dont elle a été annoncée plusieurs fois par le fou d'Arthur, qui répétait à Keu que son bras serait cassé : c'est donc en quelque sorte le *destin* de Perceval de réparer cet affront fait à la jeune fille, et au moins une de ses motivations secondaires.

Dans la même collection en numérique

Escadrille 80

Inconnu à cette adresse

La controverse de Valladolid

Les Vilains petits canards

Une partie de campagne

Cahier d'un retour au pays natal

Dora Bruder

L'Enfant et la rivière

Moderato Cantabile

Alice au pays des merveilles

Le faucon déniché

Une vie

Chronique des Indiens Guayaki

Je voudrais que quelqu'un m'attende quelque part

La nuit de Valognes

Œdipe

Disparition Programmée

Education européenne

L'auberge rouge

L'Illiade

Le voyage de Monsieur Perrichon

Lucrèce Borgia

Paul et Virginie

Ursule Mirouët

Discours sur les fondements de l'inégalité

L'adversaire

La petite Fadette

La prochaine fois

Le blé en herbe

Le Mystère de la Chambre Jaune

Les Hauts des Hurlevent

Les perses

Mondo et autres histoires

Vingt mille lieues sous les mers

99 francs

Arria Marcella

Chante Luna

Emile, ou de l'éducation
Histoires extraordinaires
L'homme invisible
La bibliothécaire
La cicatrice
La croix des pauvres
La fille du capitaine
Le Crime de l'Orient-Express
Le Faucon malté
Le hussard sur le toit
Le Livre dont vous êtes la victime
Les cinq écus de Bretagne
No pasarán, le jeu
Quand j'avais cinq ans je m'ai tué
Si tu veux être mon amie
Tristan et Iseult
Une bouteille dans la mer de Gaza
Cent ans de solitude
Contes à l'envers
Contes et nouvelles en vers
Dalva
Jean de Florette
L'homme qui voulait être heureux
L'île mystérieuse
La Dame aux camélias
La petite sirène
La planète des singes
La Religieuse
1984 A l'Ouest rien de nouveau
Aliocha
Andromaque
Au bonheur des dames
Bel ami
Bérénice
Caligula
Cannibale
Carmen

Chronique d'une mort annoncée
Contes des frères Grimm
Cyrano de Bergerac
Des souris et des hommes
Deux ans de vacances
Dom Juan
Electre
En attendant Godot
Enfance
Eugénie Grandet
Fahrenheit 451
Fin de partie
Frankenstein
Gargantua
Germinal
Hamlet
Horace
Huis Clos
Jacques le fataliste
Jane Eyre
Knock
L'homme qui rit
La Bête humaine
La Cantatrice Chauve
La chartreuse de Parme
La cousine Bette
La Curée
La Farce de Maitre Pathelin
La ferme des animaux
La guerre de Troie n'aura pas lieu
La leçon
La Machine Infernale
La métamorphose
La mort du roi Tsongor
La nuit des temps
La nuit du renard
La Parure

La peau de chagrin
La Petite Fille de Monsieur Linh
La Photo qui tue
La Plage d'Ostende
La princesse de Clèves
La promesse de l'aube
La Vénus d'Ille
La vie devant soi
L'alchimiste
L'Amant
L'Ami retrouvé
L'appel de la forêt
L'assassin habite au 21
L'assommoir
L'attentat
L'attrape-coeurs
Le Bal
Le Barbier de Séville
Le Bourgeois Gentilhomme
Le Capitaine Fracasse
Le chat noir
Le chien des Baskerville
Le Cid
Le Colonel Chabert
Le Comte de Monte-Cristo
Le dernier jour d'un condamné
Le diable au corps
Le Grand Meaulnes
Le Grand Troupeau
Le Horla
Le jeu de l'amour et du hasard
Le Joueur d'échecs
Le Lion
Le liseur
Le malade imaginaire
Le Mariage de Figaro
Le meilleur des mondes

Le Monde comme il va
Le Parfum
Le Passeur
Le Petit Prince
Le pianiste
Le Prince
Le Roman de la momie
Le Roman de Renart
Le Rouge et le Noir
Le Soleil des Scortas
Le Tartuffe
Le vieux qui lisait des romans d'amour
L'Ecole des Femmes
L'Ecume Des Jours
Les Bonnes
Les Caprices de Marianne
Les cerfs-volants de Kaboul
Les contes de la Bécasse
Les dix petits nègres
Les femmes savantes
Les fourberies de Scapin
Les Justes
Les Lettres Persanes
Les liaisons dangereuses
Les Métamorphoses
Les Mouches
Les Trois mousquetaires
L'étrange cas du Dr Jekyll et de Mr Hyde
L'Ile Au Trésor
L'île des esclaves
L'illusion comique
L'Ingénu
L'Odyssée
L'Ombre du vent
Lorenzaccio
Madame Bovary
Manon Lescaut

Micromégas

Mon ami Frédéric

Mon bel oranger

Nana

Ne tirez pas sur l'oiseau moqueur

Notre-Dame de Paris

Oliver twist

On ne badine pas avec l'amour

Oscar et la dame rose

Pantagruel

Le Misanthrope

Perceval ou le conte du Graal

Phèdre

Ravage

Roméo et Juliette

Ruy Blas

Sa Majesté des Mouches

Si c'est un homme

Stupeur et tremblements

Supplément au voyage de Bougainville

Tanguy

Thérèse Desqueyroux

Thérèse Raquin

Ubu Roi

Un Barrage contre le Pacifique

Un long dimanche de fiançailles

Un secret

Vendredi ou la vie sauvage

Vipère au poing

Voyage au bout de la nuit

Voyage au centre de la terre

Yvain ou le Chevalier au lion

Zadig

À propos de la collection

La série FichesdeLecture.com offre des contenus éducatifs aux étudiants et aux professeurs tels que : des résumés, des analyses littéraires, des questionnaires et des commentaires sur la littérature moderne et classique. Nos documents sont prévus comme des compléments à la lecture des oeuvres originales et aide les étudiants à comprendre la littérature.

Fondé en 2001, notre site FichesdeLectures.com s'est développé très rapidement et propose désormais plus de 2500 documents directement téléchargeables en ligne, devenant ainsi le premier site d'analyses littéraires en ligne de langue française.

FichesdeLecture est partenaire du Ministère de l'Education du Luxembourg depuis 2009.

Plus d'informations sur www.fichesdelecture.com

ISBN: 978-2-511-02788-2

Notes :